Lilly Jeunesse Éditions
11 rue Dantagnan - 33240 Saint-André-de-Cubzac
www.lillyjeunesse.fr

ISBN : 979-10-92400-15-1
Dépôt légal : juillet 2015

Première édition

Graphisme et maquette : nicomnico.fr

Imprimé en UE par Pulsio Sarl Paris - troisième trimestre 2015

Texte de Nathalie Bernard
Illustrations de Pauline Amélie Pops

Silence

Épisode 2

Lilly Jeunesse Editions

dans l'épisode précédent...

Silence porte bien son nom, silencieuse et solitaire, jusqu'au jour où elle rencontre Thomas, un garçon un peu spécial qui vit au milieu des bois. En marge du village, il lui fait découvrir son univers fascinant et interdit. Mais l'ombre d'une créature menaçante les guette...

Paul signifie « petit »

l'enfant loup

chapitres

1

paul apprend à lire

Cela faisait des mois que, tous les après-midi, je me rendais à la cabane de Thomas et Paul pour leur apprendre à lire et écrire. Grâce aux livres de leur mère, ils avaient fait de solides progrès. Thomas s'était passionné pour l'ouvrage sur les simples*, car il avait pour ambition de soigner les gens avec des plantes. Il apprenait à lire les recettes de remèdes et les testait ensuite sur nous. Ce jour là, il était en train de nous préparer une décoction de racines de bardane. La potion bouillait dans une petite marmite en fonte qu'il avait accrochée au dessus de l'âtre et moi, j'avais un peu l'impression d'être chez une sorcière...

— Pouah ! Cette herbe ressemble à des doigts coupés desséchés, dis-je en le regardant filtrer la tisane.

— C'est normal. Ce sont des doigts de sorcières. Je les ai coupés hier soir, à la pleine lune…

Un instant, mon visage se ferma. Thomas avait l'air si sérieux !

— On l'appelle aussi bouillon noir ou oreille de géant, ajouta-t-il en faisant un sourire de lutin. Alors ? Une grande tasse pour ma copine préférée ?

— Euh… Fis-je.

Thomas éclata de rire. Paul l'imita bruyamment, comme il le faisait souvent, sans toujours comprendre pourquoi.

— Puis-je savoir ce qui vous fait rire tous les deux ? demandai-je, vexée.

— Tu verrais ta tête !

Et ils repartirent tous les deux dans une crise de rire. Paul se tenait les côtes et finit carrément par se rouler par terre.

— Bon, ça suffit maintenant ! fis-je en les fixant, les poings sur les hanches.

— D'accord, Silence... Allez Paul, calme-toi ou on va la vexer...

Paul se releva d'un bon et prit brusquement un air sérieux qui me donna envie de rire à mon tour. Mais Thomas me tendit une coupelle remplie du liquide verdâtre.

— Bois Silence, la bardane purifie et élimine les furoncles.

— Personnellement, je n'ai pas de furoncle !

— Tu es sûre ? me demanda Thomas en scrutant mon front de plus près.

— Arrête Thom !

— Bon, j'arrête de t'embêter pour aujourd'hui ! Mais goûtons quand même ma décoction pour savoir quel goût elle a…

Paul se pencha au-dessus de la tasse de Thomas et lapa quelques gouttes.

— Pas bon ! fit-il, en nous offrant une épouvantable grimace.

Je goûtai à mon tour :

— Tu as raison Paul, ce n’est pas terrible le jus d’oreille de géant !

Cette fois, nous rîmes tous les trois. Paul se jeta de nouveau par terre et c’était à mon tour de me tenir les côtes...

Quand nous nous fumes enfin calmés, Paul reprit son livre. Il essayait de lire la Bible en souvenir de sa mère, mais ce qu’il préférait, c’était les images colorées qui décoraient les premières lettres. Dans la boucle du P, qui débutait cette page, un moine avait été peint en train d’écrire sur un parchemin. C’était peut-être une sorte de signature. Car mon père m’avait raconté que les enluminures** étaient réalisées par des moines copistes. Ils passaient toutes leurs journées penchés sur les livres. Le résultat était magnifique.

Pour la lecture, ce n'était pas facile pour Paul, qui venait tout juste d'apprendre à parler. Mais il faisait des progrès. Et rien que ça, c'était presque un miracle…

— Allez Paul essaye encore, lui demandai-je pour la troisième fois.

— Yahvé Dieu pr… prrr…

— Tu n'as pas besoin de rouler les « r » ! Dis « prit ».

— Prrrit l'h… prrrit l'ho…

— Prit l'homme.

— Ah oui ! fit Paul avec un air satisfait. « Prrrit l'homme et le mit dans le jardin d'Éden pour le pour le... »

Il hésita, puis me demanda :

— Je peux aller jouer avec Jourrr maintenant ?

— Tu as oublié « pour le cultiver et le garder… » C'est bien Paul, tu connais cette phrase presque par cœur à force de t'exercer, mais tu ne sais pas encore la lire, tu la récites.

— Paul sait tout par cœurrr ! s'exclama-t-il fièrement.

— Oui Paul, nous continuerons nos exercices demain. Mais ce soir, avant de dormir, essaye de lire tout seul ou avec ton frère d'accord ?

— D'accorrrd, me répondit Paul avec son étrange accent et sa voix un peu rauque qui lui venaient certainement de la compagnie des loups. Puis il s'en alla rejoindre ma petite chatte Jour à quatre pattes. Cet enfant était vraiment adorable. Pourtant, il avait dû vivre une vie extrêmement sauvage au fond des bois. Thomas et moi n'avions toujours pas osé lui reparler de la carriole, ni lui poser des questions sur son histoire avec les loups.

Nous voulions qu'il en parle de lui-même, sans le brusquer. Même si notre curiosité nous dévorait, c'était déjà extraordinaire qu'il ait appris à parler et qu'il veuille apprendre à lire ! Thomas et moi, nous pensions que le seul fait d'avoir retrouvé son frère l'avait beaucoup aidé. Il ne se sentait plus seul. Il pouvait enfin se lâcher, se détendre. Il était en sécurité. Il avait une famille, et j'en faisais en quelque sorte partie. J'étais comme une cousine très proche et, très souvent, Thomas et lui venaient faire des travaux et souper chez mes parents. Mais hélas, c'était une tout autre histoire avec les gens du village ! La peur faisait fourcher les langues. Les villageois détestaient l'idée qu'un enfant venu des profondeurs de la forêt et certainement élevé par les loups vive dans leur voisinage. À chaque fois que Thomas et Paul se rendaient au village pour acheter des victuailles, la plupart des villageois les regardaient de travers et chuchotaient méchamment sur leur passage. La veille encore, Paul s'était reçu une pierre qu'un enfant lui avait lancée avant de s'enfuir lâchement dans les ruelles. Heureusement, la pierre n'avait touché que son épaule, laissant un gros bleu sur sa peau. Paul ne cessait de me le montrer.

— Vilaine marrrque, me dit-il en me montrant le rond gros, comme une noix, qui virait au mauve.

— Oui, ce n'est pas très beau. Mais ça va bientôt guérir, lui affirmai-je.

— Paul a déjà plein de cicatrrrices ! ajouta-t-il en soulevant sa tunique. Effectivement, sa peau était couvertes de marques. La plupart venaient de morsures et de chutes. Il en avait un peu partout sur lc corps ct aimait nous lcs cxhiber.

— Les enfants du village sont méchants. Tu dois te méfier d'eux… d'accord Paul ? lui dis-je encore.

Le petit frère de Thomas fit oui de la tête :

— Ils crrroient que je suis une bête et que je vais les manger !

Il poussa un rugissement qui nous fit éclater de rire.

— Mais moi je suis gentil, je carrresse les petits chats…

Il sourit et posa sa main sur Jour, ma chatte blanche qui ne le quittait plus. cette dernière se mit à ronronner et se frotta contre lui avec bonne humeur.

— En tout cas, celle-là, elle n'a pas du tout peur de toi ! m'exclamai-je.

— Non, non, non ! Jourrr n'a pas peur de Paul ! Jourrr n'a pas peur de Paul ! répondit-il dans un rire bruyant, roulant les yeux comme un fou du roi en représentation.

Je regardai Paul s'éloigner à quatre pattes en direction des fourrés. Il était couvert d'une peau de loup et se comportait bizarrement pour qui ne le connaissait pas. Mais il n'en restait pas moins un enfant adorable. Comme il n'avait connu que la compagnie des loups pendant ses premières années, je crois que la compagnie d'un animal lui était indispensable. J'avais l'impression de regarder un chien fou jouer joyeusement avec un petit chat… Néanmoins, je m'inquiétais pour lui : et si les villageois ou un groupe d'enfants tombaient sur lui à un moment où il était seul ? Que se passerait-il ?

Nous devions veiller à être sans cesse près de lui…

* Les simples sont des plantes médicinales.

** L'enluminure est une peinture ou un dessin exécuté à la main qui décore ou illustre un texte, généralement un manuscrit.

2

Les brebis égorgées

Tout le village de Léognan était en effervescence. À l'aube, un berger avait retrouvé dans son champ trois de ses brebis.

Égorgées.

Manifestement par un loup.

Déjà, un vent de colère se levait, accusateur, en direction de la forêt et de la cabane de mes amis. Certains avaient seulement entendu parler de l'enfant, aux yeux presque blancs et couvert d'une peau de loup. Mais les superstitions allaient bon train depuis longtemps ! Un enfant élevé par les loups, ayant survécu autant d'années au fond des bois, ne pouvait qu'être à moitié loup ! Pire !

C'était sûrement un loup-garou ! Ils l'imaginaient les soirs de pleine lune, errer seul dans la forêt, avant de se transformer en loup immense et partir en quête de chair fraîche… Leurs troupeaux étaient menacés ! Il pouvait même s'attaquer à leurs enfants ! Il fallait réagir. Et vite !

Organiser une battue.

Éradiquer le danger.

Déjà, les villageois sortaient leurs fourches et leurs faux, prêts à partir pour la forêt. Heureusement, Sylvain, le père de Silence était en ville pour réparer la porte d'une veuve fortunée. Il les intercepta.

— Que se passe-t-il mes amis ? Où allez vous ainsi ? leur demanda-t-il.

— Nous partons dans les bois Sylvain ! Il faut en finir avec cet enfant loup-garou ! lui dit le meneur.

Les autres reprirent en chœur :

— Oui ! Cette fois, il faut en finir !

— Mais enfin, de quel loup-garou parlez-vous ? leur demanda Sylvain.

— Tu sais bien ! L'enfant, que l'on a retrouvé couvert d'une peau de loup ! C'est lui, qui a décimé mon troupeau ! lui expliqua le berger qui avait perdu trois de ses bêtes.

Un autre cria :

— C'était la pleine lune hier soir ! Il a dû se changer en bête !

— À mort ! crièrent les autres.

La rage était sur tous les visages.

— Allons ! Allons ! Calmez-vous mes amis ! intervint Sylvain. Vous allez bien vite avec ces histoires de loup-garou ! Il se trouve que je connais cet enfant. Il s'appelle Paul et, hormis cette vilaine peau de bête qu'il porte jour et nuit, il est tout à fait ordinaire…

— C'est quand même pas normal de se

trimballer avec une peau de loup sur soi !

— Pour sûr ! C'est pas normal du tout !

— Écoutez moi ! Je vous propose la chose suivante : partons tous ensemble dans la forêt à la recherche du loup affamé ! Si nous le trouvons, vous saurez que Paul n'y est pour rien, tenta encore le père de Silence.

— Non ! À mort ! cria un homme qui n'en pouvait plus de patienter.

— Attendez, dit le berger. Sylvain a peut-être raison. Nous pouvons bien aller voir s'il y a un loup dans la forêt. Si c'est le cas, nous lui réglerons son compte et nous laisserons le garçon tranquille. Par contre, si nous ne trouvons aucun loup, il nous faudra aller chercher cet enfant déguisé en bête.

Le père de Silence souffla. Le pire était écarté. Du moins, pour l'instant...

Ils étaient une vingtaine, armés jusqu'aux dents, rageurs, enragés. Ils ne s'arrêteraient que lorsqu'ils auraient trouvé le coupable et l'auraient puni de mort. Pour savoir quel tournure allait prendre les choses, et si Paul allait être inquiété, Sylvain les avait suivis. Après quelques minutes de marche, ils furent dans les bois. C'était le matin et la forêt était encore remplie de brouillard, ce qui lui donnait un aspect fantastique qui excitait encore plus les hommes. Certains sursautaient au moindre bruissement de feuilles. D'autres allaient même jusqu'à planter leurs fourches dans les fourrés. Il ne faisait pas bon se promener dans les bois à ce moment-là… Tous se taisaient, concentrés sur les bruits alentour. Sachant que les loups vivaient en meutes, s'ils tombaient sur l'une d'entres elles, ce serait une véritable bataille hommes/loups. Sylvain savait qu'en général, les loups ne viennent pas sur le territoire

des hommes. Si un loup avait osé s’approcher du village pour dévorer des brebis, c’est qu’il vivait sans sa meute et avait du mal à se nourrir tout seul… Il devait être particulièrement affamé pour être venu jusque dans le village !
Soudain, un des hommes s’arrêta et s’agenouilla afin de palper le sol.

— Regardez ! Il y a une belle trace ici ! s’exclama-t-il en observant le sol. Vu la profondeur des empreintes, ce doit être un loup d’au moins soixante-dix kilos ! Et elles sont fraîches ! Nous sommes sur la bonne piste ! Mais attention à vous, n’oubliez pas que le loup peut nous sentir…

Après plusieurs heures de marche dans le silence, ils trouvèrent enfin la bête. Elle semblait vieille. Elle était à demi-morte, malade ou empoisonnée. Mais un reste de carcasse de brebis gisait près d’elle…

— C'est elle ! À toi l'honneur ! cria un homme à l'attention du berger qui avait perdu ses bêtes.

— Il est pour toi ! Vas-y ! Achève-le ! lui hurlèrent les autres.

Sylvain eut envie de leur dire d'arrêter, que le loup allait de toute façon mourir très bientôt. Mais il se tut. Il savait que personne ne l'écouterait car la bête, bien qu'épuisée, grognait et montrait les crocs. Un homme leva sa fourche. Sylvain ferma les yeux. Il y eut un bruit sec, un grognement, puis plus rien.

— Nous avons fait le voyage pour rien. Cette bête était déjà à moitié morte ! se contenta de dire l'homme qui venait de la tuer.

— Je ne suis pas d'accord. Nous ne sommes pas venus pour rien ! le corrigea Sylvain. Maintenant, vous savez que le petit Paul n'a rien à voir dans cette histoire…

Personne ne lui répondit. Les têtes se baissèrent.

Puis, les hommes firent demi-tour, manifestement déçus par la fin de leur chasse…
Sylvain resta un instant près de la carcasse du loup, à méditer sur la pensée suivante : *les hommes sont parfois pires que les loups…*

3

la pleine lune

Peu à peu, le village se calma. Le loup était mort. Les troupeaux paissaient paisiblement. Tout se déroulait de nouveau normalement.

Ou presque.

En réalité, les enfants étaient toujours très excités par cette histoire. Avoir entendu lors des veillées, des histoires de loups-garous, avait marqué leur imagination. Ils savaient maintenant des choses. Des choses, comme le fait que les sorciers ou les fils de sorciers, se transforment en loups pour aller au Sabbat*. Ils avaient appris que la perte de voix ou l'enrouement est produit par l'haleine ou le regard du loup. Quiconque se trouve dans cet état a été, à un moment ou à un autre, en compagnie des loups. Et tout le monde savait que Paul avait une voix enrouée et un drôle d'accent. Les enfants se passionnaient à son sujet. Ils en parlaient le matin en allant chez le maître, sur le trajet de retour, et même en jouant dans la rue... Ces derniers temps, le maître avait de plus en plus de mal à contenir les esprits échauffés, et les punitions allaient bon train. Ce jour-là, il leur avait donné du travail d'écriture. Éreinté d'avoir puni à tour de bras toute la matinée, il s'était offert une petite sieste. Au début, tous étaient calmes, concentrés sur leurs tablettes de cire et leurs copies. Mais peu à peu, des chuchotements s'élevèrent. Je n'aimais pas, mais alors pas du tout ce quc j'cntendais…

— Je suis sûr que ce garçon est un loup-garou ! En plus, il paraît que leur mère était une sorcière ! disait l'un d'eux.

— Une sorcière ? C'est pas vrai ?

— C'est pour ça qu'elle est morte ! Elle a dû être brûlée...

J'avais envie de hurler que c'était n'importe quoi, que leur mère avait eu un accident de carriole et que c'était la raison pour laquelle Paul s'était perdu dans les bois. Mais je préférai me taire et écouter ce qu'ils tramaient...

Le maître ronflait maintenant.

— *Elle* là-bas ! Elle les connaît bien ! Elle va tout le temps les voir ! Hein Silence ?

C'était Germain, mon voisin, celui qui était presque mort de trouille lors de l'expédition nocturne dans les bois, la première fois qu'ils avaient trouvé Paul dans la cabane de Thomas**. Il pouvait bien fanfaronner maintenant ! Quel lâche en vérité ! pensai-je.

— Eh ! Toi la bêcheuse ! Parle-nous un peu de tes amis loups-garous ! Demain c'est de nouveau la pleine lune… Tu crois qu'ils vont se transformer ?

— Taisez-vous idiots, vous dites n'importe quoi ! ne pus-je m'empêcher de m'exclamer.

— Remarque, ils l'ont peut-être déjà mordue ! Vous croyez qu'elle va se transformer elle aussi ? Silence avec des poils partout ! Ce serait vraiment trop drôle !

Germain grimaça, comme si je le dégoûtais. Deux ou trois copains à lui ricanèrent bêtement.

— Taisez-vous ! Vous allez réveiller le maître !

— Mais non Silence, regarde-le, il dort comme un bébé...

Disant cela, Germain attrapa la paire de ciseaux que le maître gardait accrochée au mur et s'avança à pas feutrés jusqu'à notre professeur.

— Qu'est-ce que tu vas encore faire pour te faire remarquer ? demandai-je.

Un coup de ciseau répondit à mon interrogation.

Le garçon venait de trancher la moustache du maître ! C'était une catastrophe ! À cause de lui, nous allions tous être punis ! Mais loin de s'angoisser, les garçons se mirent de nouveau à pouffer de rire. Et je dois bien avouer que, sur le coup, je me retenais de rire avec eux. Ce n'était pas tous les jours qu'on voyait le maître aussi ridicule ! Germain se pavanait avec son bout de moustache, en dansant comme un fou de Saint-Guy, quand une main lui saisit brutalement l'oreille. Une voix tonitruante éclata dans la pièce, remettant tout en ordre, en à peine un quart de seconde :

— QUE SE PASSE-T-IL ICI ? hurla le maître. Germain se dépêcha de jeter son trophée par terre, espérant que le maître ne le verrait pas. Mais hélas pour lui, ce dernier sentait déjà qu'il lui manquait quelque chose. Il se palpait la joue et les lèvres, d'un air hagard.

— Mais… que se passe… ? Où est ma moustache ? SORTEZ TOUS ! JE… JE NE VEUX PLUS VOUS VOIR !

Le coupable tenta de s'enfuir avec la ruée.

— TOUS, SAUF TOI, GERMAIN ! Je vais te montrer comment je punis les imbéciles dans ton genre !

Bien évidemment, les enfants furent tous dehors en moins de temps qu'il ne faut pour dire « moustache ». Ils se massèrent derrière la porte, attendant la sentence du maître. Et elle ne fut pas longue à venir ! Bientôt, des coups de bâtons se firent entendre, suivis de « Aie ! » aigus. Silence sentit une boule monter dans sa gorge.

La peur.

Sans perdre un instant, elle se mit à courir en direction de la forêt…

* Sabbat : Prétendue assemblée cérémonielle de sorciers et de sorcières, marqué par le culte rendu au diable.
** Cf épisode 1 : Le Garçon des bois.

4

Les préparatifs avant la guerre

J'arrivai en nage devant la cabane de Paul et Thomas. Les deux garçons étaient accroupis dehors, en train de préparer une salade de fleurs de pissenlits et de violettes.

— Que t'arrive-t-il Silence ? me demanda Thomas, inquiet.

Il me fallut quelques minutes pour reprendre mon souffle.

— C'est horrible ! commençai-je en haletant.

— Quoi ? Que se passe-t-il ?

— Les enfants, ce sont tous les enfants du village…

— Quoi donc ?

Paul m'écoutait, tout en se mettant des violettes sur les oreilles. Ainsi, il avait presque l'air d'une fille.

— Les enfants ! Ils vont vous attaquer ! dis-je enfin.

— Nous attaquer ? Mais pourrrquoi ? demanda Paul, en gobant une fleur.

— Ils pensent que vous êtes des loups-garous ! Ils sont certains que, demain à la pleine lune, vous vous transformerez en bêtes immenses pour aller dévorer leurs brebis ! Ou pire, pour les dévorer, eux !

— Je ne comprends pas. Je croyais qu'ils avaient attrapé le loup qui était responsable de ces attaques ? intervint Thomas.

— Oui c'est vrai, et ce loup est mort. Mais les enfants ont entendu tellement d'histoires qu'ils imaginent que Paul est vraiment un loup-garou et qu'il faut l'éliminer !

— Ils sont fous ! fous ! fous ! s'exclama Paul en se tapant la tête avec les poings.

— Complètement oui ! Ce matin, ils étaient tellement énervés qu'ils ont coupé la moustache du maître ! C'est Germain, tu sais, le fils de mes voisins qui a fait ça…

— Ah oui, je vois, le trouillard de l'autre fois, dit Thomas pensivement.

— Mais là, il vient juste de recevoir une volée de coups de bâton par le maître ! Il va être sacrément en colère ! Après ça, je suis sûre qu'ils vont tous venir ! Qu'est-ce qu'on va faire ? Ils ont parlé de la pleine lune demain et…

— C'est bon, j'ai compris. Calme-toi, Silence. Thomas s'accroupit et ferma les yeux. Il resta ainsi plusieurs minutes, sans parler. Je le regardais, tout en essuyant mon front humide de sueur. Je le trouvais vraiment mignon, comme ça, abandonné, les yeux fermés…

Pendant ce temps, Paul dévorait gaiement la salade de fleurs. Je trouvai qu’il avait l’air de tout, sauf d’un loup-garou...

— Je sais ! fit Thomas en ouvrant les yeux. Ils croient qu’on est des loups-garous ? Et bien on va leur faire plaisir ! Nous allons déguiser Paul en loup avec sa peau. Il faudra lui teinter le visage avec de la terre pour qu’il soit plus inquiétant. Et nous allons préparer des pièges. Nous ne nous laisserons pas faire ! Ils sont combien ?

Silence réfléchit.

— Je pense qu’ils seront au moins cinq ou six ! Tout le groupe de Germain…

— Ok, donc nous sommes deux contre six. C’est faisable…

— Trois contre six ! rectifiai-je.

— Tu rigoles !

— Pourquoi ?

— La guerre, c’est pas pour les filles, affirma

Thomas.

Je devins rouge de colère.

— Quoi ?

— La guerrre c'est pas pour les fifilles ! me répéta Paul.

— Tu m'as très bien entendu Sil. Je n'ai pas envie qu'il t'arrive quelque chose à cause de nous. Alors maintenant, laisse-nous nous préparer s'il te plait.

C'était la première fois qu'il m'appelait ainsi, « Sil ». C'était joli, mais je n'aimais pas le ton de sa dernière phrase.

— Mais… tentai-je.

— Non, pas de « mais » mademoiselle. Je t'ai dit qu'il n'y a pas de place pour une fille dans cette guerre. Merci beaucoup de nous avoir prévenus. Maintenant, dépêche-toi de rentrer chez toi.

— Silence va aller voirrr Jourrr, ajouta Paul en souriant de toutes ses dents.

— Nous viendrons te voir quand tout sera terminé et tu nous feras de bonnes crêpes agrémentées d'un peu de mélasse, d'accord? me demanda Thomas en me faisant un clin d'œil. Je ne répondis pas. Je jetai un regard vers Paul, espérant qu'il prenne ma défense, mais il s'était déjà glissé sous sa peau et mimait des grognements de loup. Je sentais les larmes venir. Pour ne pas leur montrer mon chagrin, je fis demi-tour et me mis à courir sur le chemin qui s'enfonçait dans les bois. Très vite, mes joues se mouillèrent. Je pensai que, parfois, Thomas était vraiment injuste…

5

l'attente

Thomas et Paul passèrent l'après-midi à poser des pièges autour de la cabane. Ils creusèrent des trous qu'ils recouvrirent de feuilles, installèrent des barricades faites de branches de toutes tailles et préparèrent toutes sortes de projectiles : pignes de pin, cailloux, boules d'argiles... Quand ils eurent terminé, ils se rendirent au bord d'un petit lac où ils aimaient se baigner. Ils se déshabillèrent et sautèrent dans l'eau pour s'éclabousser et faire les fous.

Après l'effort, le réconfort.

Le lac n'était pas profond et regorgeait de grenouilles. À la fin de leur baignade, ils en capturèrent une dizaine pour leur dîner. Paul était très doué pour ça et ne manquait jamais sa capture. Il bondissait comme un chat, rugissait comme une créature infernale et revenait vers Thomas victorieux, une nouvelle proie en main à chaque essai. Thomas riait en l’appelant « ma grenouille ! ».

À la tombée de la nuit, ils rentèrent chez eux, heureux et fourbus. Thomas fit un feu pour faire griller les brochettes de grenouilles et ils les dégustèrent en regardant les étoiles. Pour le dessert, ils mangèrent les mûres qui poussaient autour de la cabane. Ils étaient heureux ainsi, libres de toute contrainte, se suffisant de peu, et surtout, ensemble.

Paisible, la tête tournée vers le ciel, Thomas remarqua que la lune était presque pleine. Il pensa de nouveau au lendemain, aux enfants et à la bataille qui se préparait. Il se dit qu’il valait mieux ne pas traîner…

— Allez Paul, il faut aller dormir maintenant.

— Dorrrmirrr, répéta Paul en rentrant à quatre pattes dans la cabane. Là, il s'enroula dans sa peau et s'endormit en deux minutes à peine. Thomas se sentait confiant. Ils gagneraient la bataille. Il le fallait. Car, s'il arrivait quelque chose à Paul, il ne se le pardonnerait jamais…

Quant à moi, je n'avais rien mangé pour le souper. Nous étions tous les quatre autour de l'âtre. Ma mère recousait la tunique préférée de mon père. Ma petite chatte jouait avec une pelote de fil et mon père me scrutait.

— Que se passe-t-il Silence ? finit-il par me demander.

— Rien. Je suis simplement inquiète pour Paul et Thomas.

— Il n'y a rien à craindre. C'est fini.

Les villageois ont eu leur coupable. Ils ne les embêteront plus maintenant.

— Je sais papa. Ce sont les enfants qui m’inquiètent. Ce matin, on aurait dit qu’ils étaient devenus fous…

— Ah bon ? Pourquoi ?

— Ils disaient à tout le monde que Paul et Thomas étaient des loups-garous.

Sylvain eut un petit rire.

— Paul et Thomas ? Des monstres dévoreurs ? Quelle bêtise !

— Je sais, mais quand j’ai essayé de les défendre, ils m’ont aussi accusée d’être un loup-garou !

— C’est encore plus drôle ! s’exclama mon père en tendant les paumes de ses mains vers la chaleur du feu.

— Non papa, ce n’est pas drôle. Ils veulent les attaquer…

— Les attaquer ! Comment ça ? me coupa-t-il.

— Pour les tuer... et dès demain, car cela va être la pleine lune.

— À mon avis, ils fanfaronnent ! Ça m'étonnerait que Germain s'aventure dans les bois ! Tu te souviens comme il avait peur la première fois ?

Il étouffa un rire moqueur. Moi, je n'avais pas du tout envie de rire.

— Ne t'inquiète pas ma fille, il ne se passera rien du tout. Ce sont des menaces en l'air…

— Si seulement je pouvais en être certaine.

Ma mère se leva, et me caressa la tête.

— Tu veux que je te brosse les cheveux ?

— Oh oui maman, s'il te plait !

J'adorais quand ma mère me brossait les cheveux. Cela durait longtemps. C'était doux et agréable. Alors, je pouvais fermer les yeux et oublier tous mes problèmes...

6

La croisade contre les loups-garous

J'étais au village pour acheter une livre de farine de seigle. Le paquet me tomba des mains quand je vis passer les enfants. Je tentai de ramasser la poudre blanche et de la remettre dans son récipient. En vain. Un des enfants marcha dedans, exprès. Ensuite, ils défilèrent tous devant moi, habillés avec des armures faites d'écorces et de morceaux de bois liés par des ficelles. Ils avaient chacun un bâton dans la main, et l'un d'entre eux avait même un casque sur la tête. On aurait dit qu'ils partaient en Croisade*…

Les adultes rigolaient de leurs accoutrements. Pensaient-ils qu'ils jouaient ? Savaient-ils ce

qu'ils manigançaient ? Ou pire, fermaient-ils les yeux sur ce qui pourrait arriver aux enfants des bois ?
Germain était à la tête du groupe de guerriers. Il fanfaronnait ! On était bien loin du pleurnichard au cœur de la nuit… Combien étaient-ils ? Je les comptai : un, deux, trois… Sept ! Plus que je n'avais cru ! Sept contre deux !
L'heure était grave.
Je devais trouver du renfort avant que cela ne tourne au drame ! Je jetai un dernier coup d'œil sur la farine étalée par terre. Quel gâchis ! Ma mère serait en colère contre moi. Mais il y avait plus urgent !
Ma première idée fut de courir en direction de la maison du maître. Arrivée là-bas, je frappai à la porte comme une forcenée. Quand il l'ouvrit, je tentai de m'expliquer, mais aucun son ne franchissait mes lèvres. J'étais bien trop

paniquée. Le maitre se tenait devant moi, rasé de près. Ainsi, il paraissait avoir au moins dix ans de moins.

— Bonjour Silence. Que veux-tu ? Il n'y a pas classe aujourd'hui, tu le sais bien…

— Je sais maître ! Mais j'ai besoin de votre aide !

Les mots étaient sortis d'un coup !

— De mon aide ? répéta-t-il, visiblement étonné.

— Germain et les autres sont en route pour la cabane de Paul et Thomas ! Ils veulent leur faire du mal !

Le maître ne répondit rien, il se contenta de me fixer silencieusement.

Je poursuivis, haletante :

— Ils sont armés ! Ils sont persuadés que Paul et Thomas sont des loups-garous et qu'ils vont se transformer ce soir à la pleine lune si on ne les élimine pas !

Par un réflexe conditionné, le maître voulut attraper sa moustache pour l'entortiller entre ses doigts, comme il avait l'habitude de le faire quand il réfléchissait, mais il ne trouva qu'une moustache fantôme. Sa main retomba, lasse.

— Et que veux-tu que j'y fasse ? me demanda-t-il en levant les yeux au ciel d'un air excédé.

— Venez avec moi dans la forêt ! Vous êtes un adulte ! Ils auront peur de vous !

Il passa son doigt sous son nez.

— Je n'ai pas vraiment l'impression qu'ils aient peur de moi ces sacripants ! Et puis, je n'ai pas de temps pour ce genre de bêtises ! J'ai une foule de choses à faire...

— Mais monsieur ! Vous ne pouvez pas abandonner Paul et…

Il me coupa.

— Écoute Silence, s'ils ne veulent pas d'ennuis,

tes amis n'ont qu'à vivre dans le village, comme tout le monde.

Sur ces mots, il referma sa porte. Je me retrouvai le nez collé au bois, écœurée par tant d'indifférence.

— Lui non plus, il ne les aime pas, murmurai-je pour moi-même.

Qui d'autre pourrait m'aider ? Dans le village, qui pourrait bien… oui peut-être… mais je n'étais pas sûre que…

Je passai en courant devant le Saint Thomas rafistolé. J'eus un sourire tendre en me rappelant la première fois où j'avais rencontré Thomas, jetant des pierres à la face de la statue**. Il s'était passé tant de choses depuis ! Et Thomas était passé de « sombre idiot » à « meilleur ami »... Je pris une grande bouffée d'air avant d'entrer dans l'église. À chaque fois que je venais ici, j'avais l'impression de pénétrer dans un caveau géant. Pas de lumière. Pas de fleur. Pas de vie. Les grandes dalles posées sur le sol me semblaient cacher une multitude de cadavres. Pourtant, j'aimais prier Dieu et lui parler, mais pas dans ce temple glacé... Pour m'adresser à lui, je préférai de loin les bois, ma chambre ou encore un moment sous les étoiles.

Le curé était là. À l'aide d'un chiffon mouillé, il nettoyait une statue de piéta***. Il releva brusquement la tête en m'entendant arriver.

— Silence ! Que me vaut ta visite ? me demanda-t-il gaiement.

— Je viens chercher de l'aide.

— Eh bien, tu es au bon endroit ! Que t'arrive-t-il mon enfant ?

Je fus soulagée d'entendre ces paroles encourageantes.

— J'ai besoin de vous mon père. Les enfants

sont partis dans les bois pour faire du mal à mes amis. Ils pensent que ce sont des loups-garous et…

— Que veux-tu qu'un pauvre curé comme moi fasse dans cette affaire ? me coupa-t-il aussitôt.

— Venez avec moi ! Sermonnez-les !

— Quoi ? Tu veux que je sorte de mon église ? Tu veux que j'aille au fond des bois ? Tout ça pour sermonner des enfants qui jouent avec des morceaux de bois ? Allons allons mon enfant, ce n'est pas très sérieux tout ça…

— Mais je vous en prie ! Je suis toute seule et... je ne sais plus quoi faire.

— Je n'ai qu'un seul conseil à te donner : rentre chez toi ! Et laisse les mauvaises graines se frotter les une contre les autres.

Sur ces derniers mots, le curé me tourna le dos et reprit son astiquage de statue. Je crus l'entendre dire « et puis, qui me dit que ces deux sauvages ne sont pas *vraiment* des loups-garous ? », mais je préférai croire que mon imagination me jouait des tours.

Il ne me restait plus qu'un seul espoir : mon père.

* Croisades : Au Moyen Age, expédition militaire menée par les chrétiens d'Occident pour délivrer Jérusalem de la domination musulmane

** Cf épisode 1 : Le garçon des bois

*** Sculpture représentant la Vierge éplorée tenant le Christ mort dans ses bras.

7
La Bataille

Pendant que je courrais à en perdre haleine en direction de ma maison, le groupe de mini-guerriers entrait silencieusement sur les terres des loups-garous…

— Chut ! les gars ! Pas un bruit ! chuchota Germain. Il faut les prendre par surprise…

Le premier, prénommé Abel, était le fils du forgeron. Depuis toujours, il détestait être derrière, à la queue. Pour lui, cela signifiait être perdant. Pourtant, cette fois là, il avait tort : il fut le premier à expérimenter les trous que Paul et Thomas avaient creusés et recouverts de feuilles ! Dans sa chute, il poussa un cri strident.

— Tais toi donc ! lui cria Germain.
Mais Abel s'était fait mal et, une fois allongé dans la terre, il se mit à hurler comme une fillette enfermée dans le noir.
Ce fut le signal.
Les six autres enfants se mirent à courir en direction de la cabane, bâtons pointés en avant, poussant des cris de guerre pour se donner du courage…

Après être sortie de l'église, je courus aussi vite que je pus et arrivai chez moi en nage. J'entrai dans la maison pour constater qu'elle était vide ! Mon père avait dû partir travailler chez quelqu'un et avait peut-être eu besoin de ma mère pour transporter des outils… J'allai quand même vérifier s'ils n'étaient pas dans l'étable, mais seules les biquettes me saluèrent. Jour vint à ma rencontre et se frotta contre ma jambe pour avoir des caresses.

— Je n'ai pas le temps ma minette, je dois trouver un moyen d'aider Paul et Thomas. Et vite !

Je jetai un coup d'œil aux fourches et aux faux, mais ne me sentis pas le courage d'en prendre une. Sans savoir ce que je pourrais faire, je pris le sentier qui s'enfonçait dans la forêt. Il fallait au moins que je sois là-bas, avec eux, que je sache ce qu'il s'y passait !

Le trajet me parut durer une éternité. Pourtant je crois que je n'avais jamais couru aussi vite de toute ma vie ! Ma tête me faisait mal, tant je réfléchissais à une solution pour aider mes amis. Dans un virage, je perdis une de mes sandales et tombai face contre terre dans une flaque d'eau boueuse.

— Oh non ! Il ne manquait plus que ça ! râlai-je en m'extirpant de la fange. J'eus du mal à rouvrir les yeux, tant la boue me collait au visage. Quand, enfin, j’y arrivai, j’aperçus mon reflet dans la flaque.

— Quelle horreur ! On dirait un monstre !

Comment allais-je faire pour nettoyer tout ça ? D’abord la farine, maintenant la boue, ma mère allait être furieuse…

Autour de la cabane de Thomas et Paul, la bataille battait son plein. Un autre enfant était tombé dans un des trous et hurlait lui aussi pour qu’on vienne le chercher. Mais les autres n’avaient pas le temps de s’occuper de lui. Ils se battaient à cinq contre deux bêtes enragées…

Thomas, un bâton à la main, se défendait contre trois d’entre eux, avec tout le style d’un escrimeur. Il fléchissait les jambes, frappait les poitrines, empêchait les bâtons pointus de l’atteindre. Paul, lui, avait une technique un peu plus… archaïque.

Il n'avait pas eu le temps de mettre sa peau de loup. Ce qui ne l'empêcha pas de grimper sur le dos de Germain pour lui mordre les bras. Germain hurlait :

— Arrête ! Je ne veux pas devenir un loup-garou comme toi ! Arrête !

Le cinquième s'était caché derrière un arbre et tremblait de tous ses membres, claquant même bruyamment des dents. De temps en temps, il jetait un coup d'œil pour voir où en était la bataille. Incapable de bouger. Germain finit par le repérer et l'interpella :

— Eh toi ! L'Alphonse ! Viens m'aider, espèce de pleutre !

Alphonse avait les jambes qui s'entrechoquaient. On aurait dit un squelette qui jouait aux castagnettes avec ses genoux. Il ne voyait pas très bien comment il pouvait sortir de sa cachette et se mettre à sauver la troupe.

— Mais viens donc ! insista Germain. Aie ! Paul venait de le mordre plus fort.

— Viens où je raconte à toute l’école que tu es une mauviette !

Le chantage finit par fonctionner. Alphonse s’imagina être la risée de l’école pendant le reste de sa vie. Un vrai cauchemar ! Alors, il serra les dents, prit une grande inspiration et se jeta dans la mêlée en poussant un cri de guerre un peu… éraillé. Pourtant, ce fut avec une force inattendue qu’il frappa sur Paul avec son bâton. L’enfant-loup lâcha prise avant de perdre l’équilibre. Thomas avait tout vu. Il tenta de venir à son secours mais il avait trois enfants sur le dos.

Bientôt, les deux frères furent prisonniers. Les vainqueurs firent sortir leurs deux copains de leurs trous qui, une fois hors des pièges, prirent des airs de guerriers invincibles. Ils voulaient se venger. Cela se voyait dans leurs yeux…

Thomas entoura Paul de ses bras pour le protéger.

— Ne lui faites pas de mal… il est trop petit. Capturez-moi si vous voulez, mais laissez- le ! leur cria-t-il d'une voix forte et assurée.

— Hors de question ! C'est lui que nous voulons ! C'est lui le loup-garou ! lui rétorqua Germain.

Paul se recroquevilla sur lui-même et ferma les yeux.

— Vous voyez bien qu'il n'est pas dangereux ! Il a peur ! Regardez-le ! cria encore Thomas. Son cœur battait la chamade, chaque battement signifiant « pas Paul, pas mon petit frère, pas Paul, pas mon petit frère… »

Sûr de sa victoire, Germain ricanait :

— Va donc dire ça à mes morsures ! Regardez les gars, ce sauvage m'a à moitié dévoré !

En réalité, les marques étaient légères et s'estomperaient bientôt. Paul, qui n'était pas un garçon méchant, avait juste voulu se défendre ! Mais les garçons se rapprochaient. Leurs bâtons touchaient presque Paul et Thomas. Cette fois, Thomas n'était pas fier, et devait même s'avouer qu'il avait peur.

Mais alors que tout semblait perdu, une créature étrange surgit des fourrés. On aurait dit une sorte de diable ! Poilu, sale, couvert d'excréments, hurlant et rugissant, il courait vers eux à toute vitesse ! Après un temps de stupeur, les enfants se mirent de nouveau à hurler. On aurait dit des cris de fillettes terrorisées. Puis, ils se mirent à courir dans toutes les directions. Il n'y avait plus *amis* ni *ennemis*, seulement un groupe d'enfants s'enfuyant devant une créature infernale.

Chacun pour soi et Dieu pour tous.

Seul Thomas n'avait pas bougé. Il était comme statufié. Seul devant la créature qui le fixait de ses yeux rouges…

8

La créature

Une fois que le silence fut revenu dans la forêt, le diable cessa sa danse infernale et leva ses yeux froids vers Thomas. Sans bouger, sans mot dire, sans même ciller, ils se dévisagèrent l'un l'autre un moment. Puis, un léger sourire se dessina sur les lèvres de Thomas. Ce sourire prit de l'ampleur et s'épanouit jusqu'à ce que le jeune garçon se mît à pouffer, à hoqueter, puis à rire à gorge déployée.

— Non, ce n'est pas vrai ? Si… Si… Silence ? demanda-t-il, même s'il connaissait déjà la réponse.

Le diable se mit à rire à son tour. Puis, il se frotta

énergiquement le visage.

— Comment as-tu fait pour me reconnaître ?

— Ce que je me demande plutôt, c’est comment les autres ont fait pour *ne pas* te reconnaître !

Thomas ne pouvait plus s’arrêter de rire.

— Non mais je n’y crois pas ! Tu es vraiment spéciale comme fille toi !

Tant bien que mal, j’essayais d’enlever les feuilles que je m’étais collées un peu partout sur le corps, après m’être entièrement roulée dans la boue.

— Ça me démange ! Je n’en peux plus !

— Ah ! Je me disais bien que la fille n’était pas loin, sous ce tas de feuilles boueuses et d’aiguilles de pin ! Allez viens ! On va te débarbouiller ! Mais…

Thomas se mit à scruter les alentours. Son visage était brutalement redevenu grave et inquiet

— Attends un peu…

— Quoi ?

— Où est mon frère ?

— Je ne sais pas. Il était là quand je suis arrivée dans la clairière.

— Il s'est enfui, il a eu peur de toi et il s'est enfui, répéta-t-il, comme hébété.

— J'espère que les autres ne l'ont pas attrapé…

— Ne parle pas de malheur !

En un instant, son visage passa de la colère à la tristesse. Les yeux perdus dans le vide, il ne bougeait plus.

— Thomas ?

J'allais lui prendre la main, mais il se ressaisit :

— Bon ! Il faut réagir, et vite ! Vas te débarbouiller à l'étang et prends mes habits de rechange dans la cabane. Pendant ce temps, je vais voir si je le retrouve…

Je hochai la tête et le regardai s'enfoncer en courant dans les bois. Quand il eut disparu, je poussai la porte de la cabane. Une odeur de plantes bouillies flottait dans l’air. Leur repas du matin trainait sur la table, intact. L’attaque avait dû les surprendre et ils n’avaient pas eu le temps de le manger. Je remarquai aussi la peau de loup, posée sur le lit. Je m’approchai pour la caresser, un peu comme j’aurais caressé un animal. Puis, je ramassais les vêtements de Thomas et sortis. L’étang se trouvait à une centaine de mètres de leur cabane. L’eau était sombre, mais Thomas m’avait dit plusieurs fois qu’elle était propre. J’ôtai toutes mes affaires souillées, les déposai au pied d’un arbre et me plongeai immédiatement dans l’eau. Elle était fraiche mais douce. Cela faisait du bien ! Je me mis à me frotter énergiquement, pour faire partir toute la boue qui collait à ma peau en petits paquets. Une fois propre, je sortis de l’eau. Comme je n’avais pas de linge pour me sécher, j’enfilai directement les vêtements de Thomas, puis courus à la cabane. J’y arrivai en même temps que mon ami.

— Alors ?

Thomas eut un temps d'arrêt avant de répondre. Il prit le temps de m'observer de haut en bas, puis de bas en haut. Après tout, ce n'était pas tous les jours qu'il voyait une fille dans ses propres habits ! Il en aurait ri volontiers, si l'heure n'avait pas été aussi grave…

— Voilà les nouvelles Silence : les enfants sont rentrés chez eux. Je le sais parce que je connais des raccourcis et que j'ai eu le temps de les rattraper. Je les ai suivis un petit moment. Ils n'arrêtaient pas de se retourner, comme si le diable était à leurs trousses. Je crois qu'ils ont vraiment eu la peur de leur vie ! Ton déguisement a fait son petit effet ! Ce qui est beaucoup moins drôle, c'est que Paul n'était pas avec eux et que je ne sais absolument pas où il se trouve en ce moment…

— Mais alors, où peut-il être ? demandai-je du bout des lèvres.
Pourtant, nous pensions tous les deux au même endroit : celui de la carriole accidentée*…

* Cf épisode 1 : Le garçon des bois

9

Paul a disparu

Il avait plu la veille et les bois étaient remplis de flaques d'eau. Il y avait encore des nuages et tout était sombre, menaçant. Mon père aurait dit que c'était un temps de chien, à ne pas mettre le nez dehors. Mais nous n'avions pas le choix...

— Tiens Silence, mets donc mes bottes ! Moi, je me contenterai de mes galoches*, dit Thomas.

— Mais tu vas te tremper les pieds ! protestai-je.

— T'occupe ! On n'a pas de temps à perdre. Et puis, tu sais bien que je pourrais marcher dans la forêt avec des échasses si je voulais !

Thomas fanfaronnait, mais je le trouvai adorable de penser à me prêter ses bottes malgré son angoisse. Paul était peut-être terré là, quelque part dans les bois, mort de peur, recroquevillé sur lui-même, la tête entre ses mains. Nous devions le trouver, et vite !

Sans attendre, nous nous mimes à marcher sur les sentiers qui s'enfonçaient dans les profondeurs de la forêt. Thomas marchait vite, très vite. Il courrait presque et j'avais du mal à le suivre. Ce garçon était infatigable. Il s'était levé aux aurores, avait livré bataille, n'avait rien avalé depuis la veille et maintenant, il marchait comme un fou poursuivi Cerbère.

— Allez Silence, dépêche-toi !

Il me prit la main pour me faire aller plus vite. Mais je le forçai à s'arrêter.

— Quoi ? Que fais-tu ? me demanda-t-il.

— Au lieu de courir, nous ferions mieux de regarder autour de nous et de l'appeler ! Comment peux-tu être certain que Paul a pris cette direction ? Après tout, il n'est pas retourné là-bas depuis longtemps…

— Je suis presque certain qu'il y est… Mais tu as certainement raison. Et il peut nous répondre, il sait parler maintenant.

Aussitôt, Thomas plaça ses mains en porte-voix et appela d'une voix forte :

— Paul ! Paul !

Je l'imitai :

— Paul ! Pauuulll ! Où es-tu Paul ?

Nous nous tûmes un instant, espérant entendre une réponse. Mais seul le chant d'un coucou nous répondit.

— Cet oiseau semble être en manque de famille, fit pensivement Thomas.

— Tu rigoles ? Tu sais que le coucou ne fait pas de nid ? Cet intrus dépose ses œufs dans le nid d'un autre oiseau...

— Oui j'ai déjà remarqué, répondit-il. Leurs

œufs sont très jolis des fois rouges, des fois bleus. Et, quand il nait, le petit coucou éjecte les autres œufs du nid pour être mieux nourri.

— C'est pas sympa...

— Je les ai vus faire. J'ai eu le temps de les observer quand j'étais tout seul…

Si j'avais voulu lui changer les idées durant quelques minutes, c'était raté. Ce sujet là n'était pas vraiment réjouissant !

Nous nous remîmes à crier en chœur :

— Paul ! Paul !

Mais le jeune frère de Thomas ne répondait pas. Car il n'était pas là.

Un peu déprimés, nous poursuivîmes néanmoins notre chemin. Thomas ne consentit à s'arrêter que lorsque nous fûmes tout près de la rivière. Cet endroit était hanté par de tristes souvenirs et il me sembla encore plus lugubre que la première fois. Le fleuve était animé par la montée des eaux, provoquée par les pluies de la veille. La carriole gisait dans la boue, comme un navire échoué. Autour de nous, tout semblait gris, sale et désolé.

Thomas s'avança vers le véhicule accidenté et regarda à l'intérieur.

— C'est pas vrai...

— Quoi ? demandai-je d'une voix remplie d'angoisse.

— Il n'y est pas ! cria-t-il désorienté.

Nous eûmes beau chercher sous les branches basses et jusque dans les fourrés, Paul n'était nulle part.

Cette fois, il avait bel et bien disparu…

* Les patins ou les galoches étaient des souliers munis d'une épaisse semelle en bois ou comportant des talons hauts et fabriqués en velours ou cuir gravé et décoré. Habituellement, elles étaient portées sur des chaussures légères. Parfois articulées, elles pouvaient être maintenues par des lanières de cuir sur le dessus du pied.

10
plus loin

Après avoir cherché dans tous les environs et appelé Paul jusqu'à nous enrouer, nous finîmes par nous asseoir près de la carriole pour manger un morceau. Nous nous sentions déprimés et la terre était humide.

— Tu as froid. Je vais faire un feu, me dit Thomas.

— Ce n'est pas la peine. Nous allons perdre du temps.

— Non, ce sera vite fait, et puis, Paul sentira peut-être l'odeur du bois brûlé. Tu sais, il a un odorat extrêmement développé…

Je ne pris pas la peine de répondre. Quand

Thomas avait décidé quelque chose, il était inutile de le contredire. Je l'aidai plutôt à rassembler des branches à peu près sèches, ce qui ne fut pas facile. Puis, je le regardai allumer le feu à l'aide d'une pierre à briquet et d'un amadou*. Quelques étincelles, une flamme ou deux, et le feu ne tarda pas à flamber et à nous réchauffer délicieusement. Thomas s'accroupit près de moi et sortit de son sac deux morceaux de pain et deux petits oignons.

— Tiens Silence, il faut reprendre des forces.

Nous mangeâmes en silence, prenant le temps de bien mastiquer notre nourriture. Je pensai à Paul, seul quelque part, au milieu des bois. Et comme si Thomas avait lu dans mes pensées, il me dit :

— Tu sais, Paul n'est pas comme nous. Il a vécu avec les loups dans la forêt. Il est capable de manger du gibier cru et de se nourrir de toutes sortes de choses. Ce qu'il y a de sûr, c'est qu'il ne mourra pas de faim...

Ces paroles et la chaleur du feu, me firent du bien. Mes membres se réchauffaient et mes forces revenaient. Pourtant, Thomas gardait un visage fermé. Il scrutait anxieusement les alentours. La peur ne le quittait pas.

Nous restâmes un moment assis, espérant voir Paul réapparaître, attiré par le feu. Mais la forêt semblait inhabitée depuis l'aube des temps. Il n'y avait pas même un cri d'oiseau. Le temps restait menaçant. C'était lugubre.

Brusquement, Thomas se leva et se dirigea vers la rivière. Il fit quelques pas le long de la rive.

— Regarde Silence ! Là-bas ! Quelqu'un a posé un tronc pour traverser la rivière !

D'un bond, j'allai le rejoindre au bord de l'eau.

— Mais oui tu as raison !

Le visage de Thomas avait instantanément repris des couleurs.

— De toutes façons, qui pourrait venir jusqu'ici

à part lui ? Ils ont tous peur des bois ! Je suis sûr que c'est Paul ! Il faut traverser !

— Mais…

— Tu veux faire demi-tour ?

— Je… je ne sais pas.

Je devais bien m'avouer que j'avais peur de m'enfoncer plus loin. Nous étions déjà à une grande distance du village et nous ne connaissions pas cette autre partie de la forêt. Comment ferions-nous pour y retrouver notre chemin ? Ne risquions-nous pas de nous y perdre et de ne jamais pouvoir revenir? Évidemment, je ne voulais pas abandonner Paul, mais je ne savais plus ce qu'il fallait faire…

— Je comprends Silence, me dit doucement Thomas. Fais demi-tour. Moi, je n'ai pas le choix, je dois continuer. Je le retrouverai. Il le faut...

— J'aimerais t'accompagner mais mes parents vont mourir d'angoisse si je ne rentre pas avant la tombée de la nuit.

Honteuse, je baissai la tête.

— Tu dois faire demi-tour et leur expliquer ce qu'il se passe. Je sais que toi et ton père viendrez me chercher si je ne suis pas rentré demain.

Je ne pus m'empêcher de lui sourire. Pourtant, je ne me sentais pas fière...

— Penses-tu être capable de rentrer seule ?

J'acquiesçai. Même si j'étais aussi terrorisée à l'idée d'emprunter le chemin du retour sans lui.

— Tu verras, j'ai marqué plusieurs troncs d'une croix, cela ne devrait pas être trop difficile…

Je fis bonne figure en serrant tellement les dents, que je crus que j'allais en faire exploser l'émail. Je le dévisageai, sans mot dire. Il n'y avait pas grand chose à ajouter... Il me prit la main pour me donner du courage, mais les larmes me venaient. Plutôt que de les laisser couler devant lui, je partis en courant.

Très vite, nous disparûmes l’un pour l’autre, chacun dans une profondeur des bois…

* Au Moyen age on allumait le feu en percutant une roche dure (silex) avec un briquet (morceau de métal), cela produisait une étincelle qui enflammait l’amadou (champignon qui s’enflamme très vite).

11

La rencontre dans la forêt

Je courus tout le long du chemin. Chaque craquement, chaque mouvement dans les branchages me faisait presque mourir de peur. Je n'arrivais pas à chasser de mon esprit l'image de cette énorme louve qu'ils avaient découverte dans la forêt. Je revoyais les brebis ensanglantées et finissais presque par comprendre la panique des villageois, et leur bêtise. Avec Thomas, je me sentais en sécurité. Maintenant que j'étais seule, je m'imaginais toutes sortes de choses et me mettais même à craindre les loups-garous… Mon cœur battait comme un tambour de guerre. Je n'avais qu'une pensée en tête : rentrer chez moi, au plus vite !

Pourtant, je me rendis vite compte que je reconnaissais facilement le chemin. C'était comme si chaque plante, chaque arbre était gravé dans mon esprit. Alors, je me mis à courir. Je courais, courais, courais, jusqu'à en perdre haleine.

Et puis soudain, au détour d'un chemin, elle m'apparut. Une biche blanche sortie des fourrés. Je ne m'arrêtai pas, mais ralentis ma course pour la regarder. Elle me rendit mon regard et se mit à courir à côté de moi. C'était magique ! Et, quand je compris qu'elle n'avait pas en projet de me quitter, je n'eus plus du tout peur. Bien sûr, si on m'attaquait, la biche ne pourrait pas me défendre, mais je me sentais en sécurité à ses côtés...

Nous courûmes longtemps ensemble. Son pelage luisait de sueur et mon front dégoulinait. Peu à peu, il me sembla que je me transformais, que je devenais comme elle. Il me semblait courir plus vite, et que nos cœurs battaient à l'unisson. Et soudain, elle disparut ! Désespérée par son départ, je ralentis ma course. Je regardai mes jambes, mes bras, m'attendant à y trouver des pattes couvertes d'un poil soyeux et des sabots. En découvrant seulement ma peau et mes pieds, je fus étonnée de ne pas m'être transformée, un peu déçue aussi je crois... Peu après, j'arrivai à l'orée du bois, les mollets un feu, mais juste avant la tombée de la nuit !

À peine avais-je posé un pied dans notre jardin, qu'instantanément l'air emplit mieux mes poumons. J'étais en terre humaine, sur ma terre, je ne craignais plus rien. Pourtant, quelque chose encombrait ma gorge, comme l'arrière-gout un regret. Pour la première fois depuis mon départ, je me retournais vers l'immensité sylvestre. À l'intérieur des bois, l'obscurité venait plus vite, comme un immense nuage noir. Je crus entendre un cri, celui de la biche ? Sans réfléchir, je fis un porte-voix de mes mains :

— Bonne nuit mon amie, j'espère que nous nous reverrons bientôt ! En attendant, prends soin de Thomas pour moi s'il te plait !

Thomas, mon ami, mon meilleur ami, était là-dedans, seul quelque part au milieu de cette immensité, avec un ou deux morceaux de pain pour se réchauffer, seul. Une boule se noua dans ma gorge. Avais-je eu raison de faire demi-tour ? N'aurais-je pas dû rester avec lui à tout prix ? Mon cœur battait de nouveau la chamade. Je devais rentrer au plus vite pour rassurer mes parents et tout leur raconter...

Inquiet, mon père m'attendait devant la porte, certainement depuis des heures. Il s'étonna de me voir arriver vêtue de vêtements de garçon.

— Eh bien ! me lança-t-il en fronçant les sourcils. Que t'est-il arrivé ma fille ?
Je voulais lui répondre mais les mots ne sortaient pas. J'étais encore sous l'influence de la forêt et de mon étrange rencontre. Il me semblait que si j'ouvrais la bouche ce serait pour pousser un cri proche du brame. Mon père n'insista pas. Il me prit dans ses bras, comme il le faisait quand j'étais plus jeune et me transporta à l'intérieur. En me voyant, ma mère poussa un cri.

— Que se passe-t-il ? demanda-t-elle.

Ils me réchauffèrent auprès du feu, me lavèrent, m'enfilèrent des vêtements propres et me servirent une soupe de haricots bien chaude. Ils ne dirent rien, attendirent que j'eus tout à fait retrouvé mes couleurs. Après un long moment, je pus enfin me mettre à leur raconter tout ce qu'il s'était passé durant cette longue, terrible et merveilleuse journée…

12

De l'autre côté

Thomas marcha longtemps.

Plus silencieux seul qu'avec Silence, plus rapide aussi. sur son chemin, il croisa toutes sortes d'animaux : biches, cerfs, serpents, oiseaux et même un renard qui décampa devant lui sans demander son reste. Mais heureusement, pas de loup. Il était décidé à aller jusqu'au bout des ténèbres pour retrouver son petit frère. Et il pensait que rien, ni personne ne l'arrêterait... Même à la tombée de la nuit, à cette heure qu'on appelle entre chien et loup, il continua d'avancer, se repérant aux étoiles.

— Toujours suivre le nord, l'étoile du berger,

se répétait-il en sentant ses paupières s'alourdir, même s'il savait bien que bientôt, il ne verrait même plus où il poserait les pieds.

De temps à autre, il tentait d'appeler :

— Paul ! Pauuul !

Mais aucun écho ne lui revenait. Autour de lui, les ténèbres s'opacifiaient. Par chance, il finit par tomber sur un gros arbre creux. Il s'y installa le mieux possible, s'emmitoufla dans sa veste en laine, se recouvrit de feuilles mi-sèches mi-humides, grignota du bout des lèvres son dernier morceau de pain et s'endormit.

Son sommeil fut agité, semé de cauchemars dans lesquels Paul s'éloignait chaque fois qu'il était près de le rattraper…

Le petit matin trouva un Thomas fourbu et glacé. Ses fesses le démangeaient car, sans le savoir, il avait dormi sur un nid de fourmis, et les insectes furieux d'être dérangés, l'avaient piqué. Quand il s'en rendit compte, il fit un bond pour se sortir du tronc, se secoua, écrasa les dernières bestioles qui s'obstinaient à lui courir dessus, puis se remit en route.

À quelques pas de là, écartant une fougère, il découvrit qu'il avait dormi tout près de son but. Il avait bel et bien traversé la forêt ! Ce qui ressemblait à une immense clairière s'ouvrait là, devant lui, dans l'éclat du jour retrouvé. Plus étonnant encore, au centre de cette clairière, s'élevait un édifice majestueux, un grand manoir à tourelles comme il n'en avait encore jamais vu…

Il y avait au moins quatre ou cinq tours et de belles fenêtres. Autour, s'étendaient un beau jardin et un grand potager rempli de bonnes choses à manger. Mais ce qui l'étonnait le plus, c'était ces rangs de plantes qu'il ne connaissait pas et dont les branches ployaient sous le poids de ses fruits sombres. C'était beau et inattendu et, après les angoisses nocturnes, Thomas avait l'impression d'entrer dans un autre monde, une sorte de paradis terrestre. Pour être tout à fait certain qu'il ne rêvait pas, il se pinça le bras, en éprouva la douleur, grimaça.

La réalité était là, intacte, avec sa douleur et sa joie.

Il posa un pied hors de la forêt. Le courage lui revint. Il s'avança vers le manoir. Paul n'était sûrement plus très loin désormais ! Du moins, c'était ce qu'il espérait de tout son cœur...

fin de l'épisode

Textes de Nathalie Bernard
www.nathalie-bernard.fr

Illustrations de Pauline Amélie Pops
www.toxiclollypops.blogspot.com

Lilly Jeunesse Editions

www.lillyjeunesse.fr

Des mêmes auteurs
aux éditions Lilly Jeunesse

LOUISE

La sorcière au nez en trompette
Louise est tristounette

DE POIL & DE FER

L'enchanteresse de Brocéliande
Le temps des bêtes

Silence

Le garçon des bois
L'enfant loup
Les prisonniers de La Louvière
La sorcière de Bordeaux
Les secrets de Saint-Émilion

À PARAÎTRE
FIN 2015

Silence, c'est aussi
un conte musical à découvrir sur scène
dans un spectacle chanté et dessiné
ou à écouter à la maison
et dans les bois !

Pour en savoir plus sur le spectacle
et connaitre les dates de représentations :
http://www.silencedesbois.fr

Pour écouter et commander le disque :
http://silencelecontemusical.bandcamp.com

Silence
Un conte musical
chanté et dessiné
SPECTACLE POUR TOUS